XIII PREMIO DE MICRORRELATOS
«MANUEL J. PELÁEZ» 2025

Selección de textos

XIII PREMIO DE MICRORRELATOS «MANUEL J. PELÁEZ» 2025

RiL editores

XIII PREMIO DE MICRORRELATOS «MANUEL J. PELÁEZ» 2025
Primera edición: 15 de junio de 2025

© Autores antologados, 2025

ORGANIZA Y COFINANCIA:
COLECTIVO MANUEL J. PELÁEZ
www.colectivomanueljpelaez.org

PATROCINA:
DIPUTACIÓN DE BADAJOZ

RIL® EDITORES
SEDE SANTIAGO DE CHILE: Los Leones 2258 • CP 7511055 Providencia
☽ (56) 22 22 38 100 • ril@rileditores.com • www.rileditores.com
SEDE VALPARAÍSO: valparaiso@rileditores.com
SEDE ESPAÑA: europa@rileditores.com

Composición y diseño: RIL® editores

Impreso en España • *Printed in Spain*

ISBN: 978-84-10248-60-1
Depósito Legal: GI 1075-2025

Presentación

Sin miedo a la superstición el Premio de microrrelatos «Manuel J. Peláez» alcanza su edición número trece. Convocado por primera vez en el año 2013, a lo largo de sus trece ediciones la organización del premio ha recibido más de veintitrés mil textos, galardonado a una docena de autores y publicado más de quinientos microrrelatos en las pequeñas publicaciones que acompañan a cada entrega del galardón.

El premio de microrrelatos honra la memoria de uno de los fundadores de la asociación convocante, nuestro amigo Manuel J. Peláez, fallecido en 2008. Docente, historiador, político, Manolo fue un hombre implicado con la cultura, la educación y el servicio público de su pueblo, al que sirvió con inteligencia, humor y honradez.

La asociación que recibe su nombre, el «Colectivo Manuel J. Peláez», fue creada en el año 2008 como asociación cultural, independiente y sin ánimo de lucro. Cuenta con más de un centenar de socios y socias y entre otros fines y objetivos se propone la convivencia, el refuerzo de la solidaridad y los valores alternativos del medio ambiente, la paz, la igualdad de oportunidades, la cooperación y la no discriminación en la sociedad española; el trabajo en el ámbito sociopolítico y la promoción de la participación ciudadana; la conexión con las iniciativas rurales extremeñas con vistas a su potencial desarrollo; así como la aportación de ideas imaginativas que propicien el empleo, la cultura, el patrimonio y la calidad de vida.

Creado cinco años después del nacimiento de la asociación, el premio de microrrelatos vino a completar la agenda sociocultural del Colectivo, dándole una proyección nacional e incluso internacional. Entre las nueve palabras de «El dinosaurio» de Augusto Monterroso y las ciento ochenta y seis del capítulo 68 de *Rayuela*, de Julio Cortázar, se fijan los márgenes requeridos por la organización de este certamen para la recepción de originales. Entre esas cotas caben muchas historias, muchos personajes, muchas situaciones. En ellas se citan, por recordar algunos de los argumentos premiados en estos años, los dilemas de la vida, la tentación del fracaso, la pérdida de la inocencia, el padre silencioso y brutal frente a la madre tierna y sensible, la violencia machista, el drama de los desahuciados, la catástrofe moral de los vencidos, el deseo amoroso, la frustración de las vidas amarradas a la rutina, la dignidad frente al dolor, el desgarro de la guerra, la educación del odio, o la desolación (amargura) del desamor.

«Pensar el mundo es como hacerlo nuevo», dice don Antonio Machado. A pensar el mundo, a conocerlo, evocarlo y mejorarlo se entregan los cientos de personas que participan en nuestro concurso. Dichosos ellos que poseen el don de la escritura de lo pequeño, sea un poema, un haiku, un aforismo o un microrrelato, un apacible don que emplea la palabra exacta, precisa, la frase medida, el ritmo al par que la respiración, el suspense, la elipsis, el engaño, la sorpresa. No es el microrrelato un género menor. A él se han entregado célebres autoras y autores de los últimos cien años, desde Max Aub a nuestro paisano Luis Landero pasando por Ana María Matute, Ignacio Aldecoa, Jorge Luis Borges, Julio Cortázar, Augusto Monterroso, Cristina Peri Rossi o Juan José Millás, por citar tan sólo algunas y algunos de lengua española. Pero ¿qué es un microrrelato? En todas las ediciones del Premio se pidió a los autores galardonados que reflexionaran en voz alta sobre la idea, el concepto, el significado que para ellos tenía el microrrelato. Una poética, en fin, que descubriera su teoría personal de la escritura. Sus interesantes respuestas, tan hermosas y plásticas, tan intensas y precisas como sus textos, nos revelan su pasión por la palabra escrita y el amor a la literatura.

Isabel Urueña (q.e.p.d.) destacaba el esfuerzo de síntesis, o de microcirugía, que late en el microrrelato. Para Ángel Pontones el microrrelato es la ciencia de la escasez (de espacio) en un género definitorio de nuestra época: un tiempo de urgencias, de concisión, de límites. El microrrelato equivale para Diego Rinoski al ojo de la cerradura de su texto: pequeño en apariencia, pero grande en las historias que esconden al asomarse a él. Se preguntaba Eva Limendoux por el lugar a donde van las palabras que no se dicen, que se callan. A ellas y al hecho de que «todos tenemos algo que contar» dedica Eva su escritura. Para Germán Vayón, el micro es el reino de la precisión, de la exactitud; mientras que Alberto Rodríguez incide en lo social para resaltar la importancia de contar la historia de los olvidados. Tejer una historia con las palabras adecuadas guía el quehacer de Pilar Alejos, quien compara el micro con el haiku, donde cada palabra es como una pincelada, precisa y bella a la vez. Margarita del Brezo, doblemente premiada, cree que el microrrelato debe ser intenso, arrollador, corto, impactante, sugerente, atrevido. Igual que el amor a primera vista, subraya. Fugaz en su lectura y eterno en nuestra memoria, así de emocionante lo concibe Ana Cristina Lluch. Para Jesús Navarro el microrrelato es un género único; no sólo fomenta la creatividad más que ningún otro, sino que aporta precisión y claridad. Y Rosa Galisteo, la última ganadora del premio, valora el microrrelato como un género sorprendente, de infinitas posibilidades, que invita al placer y al crecimiento personal.

Orgullo es llegar hasta aquí, en tiempos de incertidumbre y desaliento, arreglados como vamos con escaso ajuar. Nos sostienen, como siempre, los afectos intactos a la ciudadanía que comparte nuestros valores y las vivas ilusiones de resistencia e integridad. Todo lo que hacemos es fruto del voluntarismo de los socios y socias o de los amigos y amigas del Colectivo. También lo es el comité lector y jurado del Premio de microrrelatos que lo forma. Lo preside desde la primera edición María del Carmen Rodríguez del Río, catedrática de Lengua y Literatura, y como vocales se alinean Eva Arenales de la Cruz y Carmen Canseco Lavado (ambas también directivas de la asociación), Maribel Santana Herrera y Ángela Maestre Naranjo, profesoras, y Teresa Peláez Santos, correctora de textos. Rosa Galisteo Luque, ganadora de la edición anterior, se incorporó al jurado en la última fase de las deliberaciones. Como secretaria, con voz, pero sin voto, ejerció Mercedes Santos Unamuno. Por último, Francisco José Najarro Lanchazo, José María Lama Hernández, Juan Santos Rincón Morales y Mercedes Santos Unamuno han colaborado en la revisión de este libro para su publicación.

A esta decimotercera edición del Premio «Manuel J. Peláez» de microrrelatos han concurrido un total de 1.864 textos, 456 más que en el certamen anterior, de los que 50 han sido seleccionados para la fase final. De ellos se han escogido 8 para la deliberación última, resultando ganador Hugo Folk con el microrrelato titulado La joya de la familia. El resto de microrrelatos finalistas pertenecen a Tomás del Rey, Guadalupe Fernández Dávila, Paula Gonzalo Rodríguez, Juan Pablo Goñi Capurro, Mario Ortega Gómez, Juan Luis Rincón Ares y Esteban Torres Sagra.

Esta publicación que tienes entre las manos contiene el medio centenar de textos seleccionados para la fase final y ha sido posible gracias a la colaboración de RIL, la editorial chilena dirigida en España por Paco Najarro. Comienza su difusión en la mañana del domingo 15 de junio, día de la entrega del premio, que tiene lugar en el Centro Cultural Santa Marina de Zafra.

Agradecemos a la Fundación CB por la cesión del espacio cultural de Santa Marina y a la Diputación de Badajoz por su apoyo financiero y, especialmente, a las 1.864 personas que con sus microrrelatos han contribuido a pensar el mundo, a hacerlo nuevo y mejor.

PREMIOS DE MICRORRELATOS «MANUEL J. PELÁEZ»

Edición	Título	Autora o autor	Nº textos	Ganadores	Finalistas	Total publicados	Copatrocinadores
I (2013)	«Última duda»	Isabel Urueña Cuadrado	1.832	1	6	55	-
II (2014)	«Reconocimiento»	Ángel Potones Moreno	1.565	1	4	50	SOLVENTIA
III (2015)	«El timo»	Diego Rinoski	1.752	1	4	50	SOLVENTIA
IV (2016)	«Indigestión»	Eva Limendoux Torres	1.765	1	9	56	SOLVENTIA
V (2017)	«Rugido»	Francisco Germán Vayón	1.881	1	9	46	SOLVENTIA
VI (2018)	«Agujeros negros»	Alberto Rodríguez Guerrero	2.050	1	7	52	SOLVENTIA Y DIPUTACIÓN DE BADAJOZ
VII (2019)	«»Vencido»	Pilar Alejos Martínez	1.565	1	8	41	DIPUTACIÓN DE BADAJOZ
VIII (2020)	«Sin palabras»	Margarita del Brezo	2.256	1	8	43	-
IX (2021)	«Memoricidio»	Ana Cristina Lluch Romero	2.726	1	7	41	DIPUTACIÓN DE BADAJOZ
X (2022)*	«Juego de niños»	Margarita del Brezo	1.263	1	8	32	DIPUTACIÓN DE BADAJOZ
XI (2023)	«Crónica de un derrumbe»	Jesús Navarro Lahera	1.207	1	9	29	DIPUTACIÓN DE BADAJOZ
XII (2024)	«Metódica»	Rosa Galisteo Luque	1.408	1	5	38	DIPUTACIÓN DE BADAJOZ
XIII (2025)	«La joya de la familia»	Hugo Folk	1.864	1	7	50	DIPUTACIÓN DE BADAJOZ
			23.134	13	91	583	

* A partir de 2022 solo se admite un texto por persona, mientras que en las anteriores se permitían dos.

Microrrelato ganador
de la XIII edición (2025)

Hugo Folk (Barcelona)

Nacido en 1968, ha sido corrector y traductor para la desaparecida editorial Könemann (Alemania). Ha escrito novela, relato y artículos de crítica literaria. Cuenta con una docena de premios y algunos de sus relatos han sido incluidos en antologías. En 2021 fue finalista del Premio Fundación Gabriel García Márquez, con Alonso Cueto como jurado. Premio Periodista Pedro Soler de Relato 2022. Finalista Premios Ciudad de Tarragona de Relato 2023. Su segunda novela, El Sanatorio, alcanzó el Top 10 de libros de humor negro más vendidos en Amazon. Folk es profesor de alemán y vive cerca de Barcelona.

Para Ana Silvia, nuestra Mamá Grande.

Siempre quise escribir. De alguna forma u otra siempre he escrito.

Parecerá un tópico, aunque supongo que los pintores, los veterinarios o los mecánicos responderán algo parecido, si se les pregunta. La única diferencia es que el oficio de escritor, como el de ama de casa, apenas sí existe, y por supuesto carece de representación sindical. Por otra parte, escribir presenta la cuota de abandono laboral más alta, y si te va mal, sales escaldado. Si no te publican, te rindes, discretamente, y continúas con tu vida, que no es poco. También yo abandoné una vez. No obstante, tenía que volver a intentarlo. Siendo medio gallego, terco como una mula, regresé al cuadrilátero y ese mismo Año Cero fui finalista, entre casi 2.300 relatos, del Premio Fundación Gabriel García Márquez, con Alonso Cueto como jurado.

Desde entonces he publicado dos novelas, algunos relatos, y ganado una docena de premios; siempre en la distancia corta, relatos o artículos.

Se me da bien el ensayo breve, el artículo de opinión, el relato. Puedo escribir cien palabras, y hasta veinte páginas; pero si me piden 186, no les escribiré ni una más ni una menos. Por eso acepté el reto del Premio Manuel J. Peláez.

Porque me fascina la palabra justa, esa y no otra, del hiperbreve.

Apenas tengo escritos una docena, pero estos ya me han dado alguna satisfacción.

Hugo Folk, maestro de la miniatura, como alguien del jurado subrayó. ¡Cuánto agradezco estas palabras! ¡Qué bien atinan en mi esencia de narrador! Fueron años de aprendizaje, en los que iba puliendo mis tejidos, para que no se me escapara ni un hilo.

A la vista está que no han sido años tirados.

LA JOYA DE LA FAMILIA

Dice mamá que las cosas no han cambiado tanto en el Monte de Piedad. Años ha, la abuela hubo de empeñar la máquina de coser, una de las primeras Singer que llegaron a España; un ingenio moderno al que solo le faltaba hablar y que salvó a la familia de un apuro, en su momento. En el montepío se empeñaban broches, anillos de compromiso, cuberterías de plata. Con buena voluntad todo se podía empeñar.

Todo.

Ahora el proceso está computarizado.

Las piezas empeñadas circulan por una cinta que las lleva, como las cintas de los aeropuertos, hasta su destino final: la sala acorazada donde algún día, cuando vengan tiempos mejores, serán devueltas a sus dueños.

Tal vez por eso no me extrañó ver desaparecer a mi hermanito detrás del mostrador.

Era fácil imaginarlo viajando por esa cinta envuelto en papel de celofán; su carita blanca, de cera, sus ojitos azules, pasmados; su manita blanca despidiéndose, quién sabe hasta cuándo.

Mamá lloraba, agradecida, agitando la boleta de empeño en la mano.

Mi hermanito es una bendición del cielo, literalmente la última joya de la familia.

FINALISTAS
(POR ORDEN ALFABÉTICO DE APELLIDOS)

Tomás del Rey (Sevilla)

Escritor y profesor de literatura. Ha publicado los libros La arrogancia de los ventiladores *(en su mayor parte, relatos que recuerdan, desde el humor y la ironía, la infancia de un niño de los ochenta que se parece mucho a su autor) y* Yo, que tantos hombres he sido *(relatos y microrrelatos que homenajean a las grandes obras y temas de la literatura universal). Ambos en la editorial independiente Maclein y Parker. También ha participado en diversas antologías y revistas literarias. En 2022 ganó el premio anual de los Relatos en Cadena (cadena Ser y escuela de escritores). En la actualidad, ultima su primera novela.*

GENTRIFICACIÓN

El cortado sobre el río era nuestro orgullo. Por sus vistas y su microclima: a finales de enero, cuando el nivel de melancolía alcanza su cota máxima, se desataban las precipitaciones. Era extrañamente hermoso ver llover a los suicidas, unos gritando y otros en silencio, con carta o no para el juez, mojados en lágrimas o secos como espartos. Nos sentábamos enfrente para admirar la breve libertad de cada vuelo, que se deshacía al aterrizar en un ruido de sandías estrellándose. Más tarde, con la primavera, al abismo solo se asomaban los enamorados con sus promesas de eternidad, que en verano darían fruto en forma de crímenes pasionales y suicidios en pareja.

Pero ahora todo lo inundan deportistas de riesgo y despedidas de soltero, ajenos al ritmo de las estaciones. Llueven, sin orden ni poesía, escaladores primerizos, paracaidistas que no encontraron la anilla o borrachos ejecutando apuestas absurdas. Nosotros bajamos al lecho seco del río y nos hacemos con la calderilla de sus bolsillos. Y al volver al pueblo, con las últimas luces, nos asalta una punzada de vergüenza por nuestro nuevo modo de vida.

GUADALUPE FERNÁNDEZ DÁVILA (MADRID)

Extremeña de nacimiento, ha vivido extensos periodos de tiempo en Don Benito, Sevilla, Londres, Illinois (USA) y Madrid, donde reside actualmente. Entre sus títulos académicos se encuentran: Licenciada en Psicología por la Universidad Complutense de Madrid y Master of Science - Industrial/ Organizational Psychology *por Illinois State University (USA). En su larga carrera profesional ha desempeñado distintos trabajos, habiendo dedicado 35 años a la consultoría de Recursos Humanos. Desde hace algunos años está jubilada, dedicando su tiempo fundamentalmente a tareas de voluntariado y dos grandes pasiones: fotografía y literatura.*

Ha publicado algunos libros de índole profesional y numerosos artículos en revistas especializadas y prensa económica, y su obra literaria incluye un poemario y una colección de relatos.

Recientemente ha sido ganadora del Premio de Relato Corto – Residentes en Tetuán del XVI Certamen Literario Leopoldo de Luis, del Ayuntamiento de Madrid.

LA INTRUSA

El día en que llegó a casa con su madre fue la revolución. Era muy pequeña y ni siquiera se movía, pero parecía el centro del universo y toda la atención era para ella; nadie me hizo ni un poquito de caso. Yo estaba quietecito en un rincón, sin dar guerra, esperando una mirada de cariño o una leve caricia reconfortante. Llegó su abuela y se fue derecha a la cuna con muchos aspavientos, sin saludarme. Sé que una no tiene todos los días una nieta, pero hay unos mínimos. Entonces llegó Juanito, de vuelta de la guardería, con su padre; traía la cara seria, casi enfadada, los ojos bajos, la boca apretada. Ni siquiera quiso mirar a la intrusa. Me acerqué a él agitando el rabo con alegría. Me miró con un brillo especial en los ojos y entonces supe que tenía un aliado.

PAULA GONZALO RODRÍGUEZ (MADRID)

Nacida en Vigo (Galicia) es periodista y escritora. Licenciada en Ciencias de la Información por la Universidad Pontificia de Salamanca, ha dedicado su carrera a difundir la cultura y la literatura desde diferentes plataformas. Durante años formó parte de la Cadena SER en Madrid, donde dirigió y presentó espacios como «El patio de atrás», «El club de las 7» y el magazine teatral «Telón de Fondo», todos ellos centrados en la promoción de autores y obras contemporáneas. Su estilo cercano y su pasión por los libros le han permitido conectar con un público amplio y diverso. En la actualidad compagina su labor como autora con el coaching literario y la dirección de PeriodismoCiudadano.com, un observatorio que analiza el contenido generado por los usuarios en la defensa de los derechos humanos. En no ficción ha publicado títulos como Periodismo ciudadano: Evolución positiva de la comunicación *(Ariel, 2011). En 2021 publicó su primera novela juvenil,* Tex Patton y la isla de plástico *(Destino). Su última obra es* Terradraga *(Minotauro, 2024), que confirma su salto en el ámbito de la literatura fantástica.*

PAJARITO ROBÓTICO

El semáforo de la plaza se pone en verde cada cuatro minutos. Doscientos cuarenta segundos. El tráfico se detiene y escucho el trino mecánico del pajarito robótico. Antes, imaginaba al cuco enjaulado en el reloj, obligado a cantar cada doscientos cuarenta segundos.

Desde la ventana entreabierta del cuarto grande, veo el paso de cebra. Diecisiete franjas blancas, dieciocho negras.

No sé por qué pienso esto mientras él me dice, como cada jueves:

—Te quiero, te quiero tanto.

Me besa las manos, el cuello. Sus ojos centellean cuando me dice que nadie, nadie me amará como él, y yo le creo, sin alegría. Entonces, me tumba en la cama y todo él se vuelve manos y cuerpo.

A las 20:09, el autobús resopla en la parada. El pajarito encerrado parpadea. Trina enloquecido los primeros diez segundos, luego se calma su trino verde: «piu-piu-piu, piu-piu-piu». Dieciocho segundos exactos.

Presto mucha atención a los sonidos y al olor a tortilla de patata que llega al cuarto.

Él repite:

—Amor, mi amor, amor mío...

Hasta que mamá grita desde la cocina:

—¡A cenaaarrrrr!

JUAN PABLO GOÑI CAPURRO
(OLAVARRÍA, ARGENTINA)

Nacido en Argentina en el año 1966, actualmente radicado en Olavarría, del mismo país. Escritor, actor y dramaturgo, ha publicado novelas como Islas efímeras *y* Mercancía por encargo, *así como libros de cuentos, de microrrelatos y poemarios. Entre los premios obtenidos está el de Novela de Aventuras Ed. Rubeo, Novela Corta la Verónica cartonera, VIII Montserrat de microrrelatos. Cuenta con textos publicados en antologías y revistas de Hispanoamérica, y sus obras teatrales han sido puestas en escena en varios países.*

TENÍAMOS CATORCE AÑOS

Quedamos impactados, aturdidos, noqueados. La ventana se cerró, y seguimos callados por minutos, incapaces de procesar lo que habíamos visto. José fue el primero en hablar, tartamudeó más de lo habitual.

—Increíble... increíble.

Esteban se sacudió como si rompiera un sortilegio que lo mantenía inmóvil.

—¡De verdad! ¡Increíble! ¡Era de oro!

Los otros nos miramos, ninguno entendía a qué se refería; Joaquín hizo la pregunta por los tres.

—¿Qué cosa era de oro?

—¡El collar! ¡Debe valer un dineral!

Esa tarde se produjo el primer paso hacia la desintegración de la barra adolescente. Nos fuimos sin entender qué pasaba en la cabeza de Esteban, en tanto él quedó preguntándose cómo no habíamos visto el collar, cuando la vecina no vestía otra cosa.

Mario Ortega Gómez
(Villaviciosa de Odón, Madrid)

Natural de Madrid (1972), es arquitecto de formación y escritor por vocación. Fundó su propio estudio de arquitectura en 1999, actividad que mantuvo hasta 2015. En 2020 comenzó a escribir, y en 2025 dio el paso definitivo al mundo literario con la publicación de su primer libro de relatos, Mentiras y Falsas Verdades. *Ha sido finalista en la 4ª edición del Premio Silos de Relatos Cortos con el cuento «El Peregrino».*

LA CULPA

La lagartija cayó a poca distancia de la base del muro donde reptaba. Todo pasó muy deprisa. Advertí su presencia y la señalé. En un abrir y cerrar de ojos, mi primo armó el tirachinas, y el proyectil acabó con la vida del reptil y con la blancura de la tapia. Se aproximó al cadáver y, desde allí, comenzó a gesticular, celebrando su hazaña.

Yo permanecía inmóvil, con la mirada fija en la mancha de sangre y sesos que marcaba el lugar preciso del impacto sobre el yeso. No podía creer que mi inocente gesto hubiera provocado su muerte. Miré a mi primo con una mezcla de odio y admiración. No sabía cómo reaccionar: si unirme, alejarme, gritar o aplaudir la puntería del tirador.

Lo cierto es que comencé a llorar. Me senté en el bordillo, enterré la cabeza entre las rodillas y presioné con ellas mis pómulos, como castigo por haber señalado a la inocente criatura, como si, de algún modo, pudiera compensar con mi dolor el vil acto. Como si realmente hubiera sido yo, y no mi primo, el artífice de la ejecución.

Juan Luis Rincón Ares
(Puerto de Santa María, Cádiz)

Tengo 66 años. He sido profesor de Educación de Personas Adultas durante 35 años en el Centro de Educación Permanente «La Arboleda Perdida» de El Puerto de Santa María. Estoy jubilado desde hace seis años.

Escribo con regularidad desde hace 25 años y he tenido la suerte de haber recibido más de 150 premios literarios en diferentes géneros: cuento, relato, microrrelato, teatro, poesía, columnas de opinión, etc...

He publicado de manera colectiva en más de veinte antologías de relatos, y en solitario, he autoeditado los tres libros de la serie «Cardito de Puchero» así como las colecciones de relatos «El amor eso es» y «Las que llevan el mar sobre sus cabezas», todos con la Editorial El Boletín.

PAGO EN PALABRAS

Con la llegada de la paz, los habitantes de aquel país rechazaron el dinero y usaron las palabras como moneda.

En los autobuses urbanos se pagaba con un verso conocido, o con un soneto de propia invención para viajes de largo recorrido. Los alimentos básicos se canjeaban por dichos y refranes. Para comer en un restaurante se necesitaban chistes, greguerías y aforismos célebres. La hipoteca, el gas o la electricidad se abonaban recitando artículos de la Constitución o, en su defecto, de alguna ley orgánica troncal.

Sin embargo, en la relación familiar o de pareja, la gente apenas malgastaba palabras y solía usar los silencios y las caricias. En los hospitales, los carteles recordaban que, para no alterar la paz de los enfermos y enfermas residentes, se debía moderar la amplitud de los gestos y la intensidad de los abrazos.

Al salir de alta, enamorados y familiares descontrolados se besaban y abrazaban con fiereza desde el hall hasta el aparcamiento.

Esteban Torres Sagra (Úbeda, Jaén)

Con sesenta años cumplidos quedan pocas cosas —bueno, muchas— que me hagan ilusión. Una de la que más es ganar un premio literario, o, al menos, quedarme a las puertas de la meta, como en este caso. Y ahora filosofaré un poco, que creo que me lo merezco, y el foro es ideal: el microrrelato es una novela para los que tenemos prisa. Prisa como algo genético, con justificación en sí misma. Sin esperar nada y sin tener en cuenta el factor tiempo en esta ecuación de vivir con la angustia de un pez que no puede quedarse demasiado fuera del agua y lo sabe.

Me considero más poeta que otra cosa, pero el micro me convierte en el novelista liliputiense que no he podido ser por mi maldita prisa.

LA COREOGRAFÍA DEL GEL

Estaba justo enfrente desde que subió en Pavones, a punto de cerrarse las compuertas. Tendría unos setenta años o así y exhibía, con mucha naturalidad, una esclava de oro en su muñeca y un medallón de una virgen como aldaba en su atractivo escote. Llevaba un paraguas, dos mochilas, tres paquetes, un bolso enorme colgado del hombro y dos niñas de la misma mano con cara de nietas. Con el arranque comprobó que la inercia a veces nos compromete e hizo varios movimientos gráciles para mantener la verticalidad sin desprenderse de nada y sin soltar a las nenas. Además, había descartado desde el principio agarrarse a la barra —aunque no sé con qué lo hubiera hecho— y hasta se puso gel hidroalcohólico entre dos desequilibrios.

Muchos la apoyamos con la mirada hasta que logró estabilizarse sin perder la dignidad y, entonces, le dedicamos un aplauso unánime.

Con vocación de bailarina, seguramente frustrada en su juventud por un padre déspota, correspondió a los vítores con una reverencia que llevaba ensayando en su interior desde hacía cincuenta años.

Resto de autores seleccionados
(por orden alfabético de apellidos)

LABERINTO

Atilio Alberto Verón (Buenos Aires, Argentina)

Mientras voy a mi cita con el psicólogo comienzo a imaginar al licenciado Argüello obstinado en ayudarme a encontrar la salida del laberinto en el que vivo atrapado.

Ansío tremendamente liberarme de los miedos que me paralizan cada vez que debo enfrentar un conflicto.

Sé que al terminar la sesión saldré, como siempre, rebosante de confianza, convencido de que cuando llegue el momento podré tomar la decisión correcta.

Cruzo la avenida y llego frente al edificio. Mi mirada oscila entre el ventanal del quinto piso donde está el consultorio y el tablero metálico del portero eléctrico. Ubico el botón del 5 C.

Siento el impulso de mover mi mano, pero, de pronto, independizada de mi voluntad, se detiene y queda suspendida en el aire con el movimiento congelado de una pose o fotografía.

Mientras tanto, pasan los minutos sin que me decida a tocar el timbre.

HUIDAS

Pilar Blázquez Gómez (Madrid)

Mamá me reprendía cuando jugaba a lo que ella llamaba ese entretenimiento tonto de la alfombra voladora. Nena, me ordenaba mientras zurcía los calcetines de papá o alargaba el bajo de mis faldas, déjate de fantasías viajeras y ponte ya con los deberes. Entonces yo pedía un poco más de tiempo porque acababa de sobrevolar Venecia, de aterrizar en Nueva York o porque divisaba algún lejano lugar como Japón.

Hace unos días, al regresar del colegio, mamá no estaba en casa. Recuerdo que por la mañana nos habíamos despedido cuando ella aspiraba mi alfombra mágica. La hemos buscado por todos los rincones del piso, por todos los lugares del barrio que solía frecuentar: fruterías, la farmacia, en la panadería y supermercados…, pero nadie la ha visto.

Desde su desaparición tengo muchas ganas de llorar, y no sé si es por lo mucho que echo de menos a mi madre o porque la marca que la alfombra ha dejado en el suelo del salón significa que de momento no podré viajar.

ÚLTIMO ADIÓS

Miguel Ángel Calvo Dueñas (Avilés, Asturias)

En estos amargos momentos, soy incapaz de separarme de tu lado. Me tildan de loca cuando me ven hablándote. No me puedes oír, pero prosigo con mi taciturno soliloquio. Me desahogo. Los dos somos demasiado viejos, ese parece ser el problema.

Los cuidados que antes te dedicaba ya no sirven de nada. Hoy he pedido una segunda opinión. Ambos diagnósticos son coincidentes. Tras una retahíla de tecnicismos, me lo espetaron sin miramientos: «no hay solución».

Las despedidas nunca han sido de mi agrado. Cuando son para siempre, menos aún. Mi único consuelo es saber que —en un postrero acto de generosidad— ayudarás a prolongar la vida de algunos de tus semejantes. Extirparán lo aprovechable, aunque para ello tengan que remover hasta en lo más profundo de tus entrañas.

Sin necesidad de invocarlos, acuden a mi memoria un sinfín de recuerdos de nuestra vida, de nuestros viajes. Te doy un último beso que hiela mis labios. Con el corazón encogido, firmo a regañadientes los documentos que estas inoportunas lágrimas me impiden leer. «¡Venga, mujer! Tampoco es para tanto», me reprende impaciente el dueño del desguace.

LAS MANOS

Luciano Carrillat (Buenos Aires, Argentina)

El día que papá perdió su trabajo, sus manos empezaron a desaparecer. Primero fueron transparentes, luego se volvieron aire. Él las escondía en los bolsillos, pero yo sabía que ya no estaban ahí.

Las manos de mamá, en cambio, se multiplicaron. Le salían de los hombros, de la espalda, del pecho. Manos que planchaban ropa ajena, que limpiaban casas, que vendían chicles en los semáforos. Por las noches, cuando creía que dormíamos, sus manos extras lloraban en silencio, dejando charcos de sal bajo la cama.

Mi hermano menor comenzó a dibujar manos por todas partes. En sus cuadernos, en las paredes, hasta en el techo. «Son para papá», decía, «cuando las necesite». Pero papá ya no podía sostener ni un lápiz.

Un día, mientras cenábamos aire y mamá servía platos vacíos con sus múltiples manos, mi hermano empezó a recortar todas las manos que había dibujado. Las pegó una a una en los brazos de papá. Eran manos de colores, de niño, de esperanza.

Esa noche, por primera vez en meses, papá nos abrazó.

Sus nuevas manos olían a crayón y a futuro.

DOS MADRES EN PAZ

Andrés Castro Hugo
(El Puerto de Santa María, Cádiz)

Una hermosa buganvilla daba sombra al nicho, recién sellado. Su pequeña dormiría el sueño eterno en la pared más soleada del camposanto, rodeada de flores, pero no había consuelo.

Compañera de angustias y miedos ajenos, puntal de tantos duelos, se sabía incapaz de superar el suyo. Tiraba de sus pacientes hacia la vida cuando estaban al borde del abismo, sabría cómo dejar caer a uno.

Obcecada, se alistó como voluntaria en un centro de desintoxicación, y eligió como paciente a un alcohólico atormentado por el fatal atropello que apenas recordaba. Le bastaron unas semanas para acompañarlo al precipicio.

Aún más vacía, apoyó su espalda en el cálido nicho, bajo la buganvilla. Quería sentir a su niña cuando la sombría pared de enfrente engullera el féretro de su verdugo. Entre los susurros del nuevo duelo, la mirada de la viuda, con su hija de la mano, la colmó de una paz que no esperaba.

TIEMPOS EN PAUSA

Rubén Cerdá Berenguer (Petrer, Alicante)

Su bisoña inocencia provocó que desatendieran las advertencias que rebasaron. Corrían persiguiéndose, entre esos gritos que evocan el sabor a fresa y nata del júbilo, y las risas primaverales que prometen el tiempo infinito. Las decenas de mariposas que descansaban sobre las flores les invitaban a convertirse en pequeñas amenazas que teñían el cielo de aleteos multicolor a su paso.

Sus padres los miraban desde lejos, muy lejos en realidad, y a los niños les sorprendió que no les llamasen la atención por alejarse tanto. En la alegría de su juego incluso creyeron ver que ellos también sonreían.

Los adultos se mantenían inmóviles a pocos pasos de las señales indicativas, el temor intentaba que echasen a correr, mientras que la sensatez anclaba sus pies con un dolor que nacía desde las entrañas.

Optaron por el silencio para no contagiarles su pánico. Confiaron en que, cuando regresaran, el mismo azar de aquel juego infantil que les llevó tan lejos les hiciera también salir ilesos de aquel campo de minas.

PEDAZOS

María Angélica Ciciarello (Buenos Aires)

Llueve. Hace rato que llueve.

Llueve. Y el agua sucia corre y se lleva todo a la alcantarilla para hacerlo desaparecer. Miro esa garganta insaciable, y pienso cuánta basura vieja y podrida habrá ahí abajo sin que a nadie le importe.

Llueve. Y cada vez que llueve él se queda en casa y no sale a trabajar. Lo pone nervioso el encierro, y deja en mí las memorias de su enojo. Hoy su última huella me quedó en el hombro y en la boca también.

Llueve. Y lo imagino a él en ese fluir dejándose arrastrar, manso, a juntarse allá abajo con esas miserias que nadie quiere tener.

Llueve. Y lo veo pasar frente a mí, parte por parte, los brazos, las piernas, la cabeza partida en dos y todo corre hacia el mismo lugar y se sacude antes de ser tragado. Y yo sigo en la ventana hasta que ya nada queda por ver.

LA MISMA PIEDRA

Raúl Clavero Blázquez (Madrid)

Esperaba mi turno, llorando, con el corazón hecho trizas entre mis manos.

—Verás como te lo arreglan —insistía mi madre, acariciándome el pelo, y yo le respondía que no, que estaba segura de que, como Marcos, aunque apenas llegué a conocerlo, no había nadie.

En la consulta me dijeron que mi desengaño era más grave de lo que parecía y tuvieron que hacerme un lavado de estómago. Sentí una pena terrible por los miles de mariposas que murieron dentro de mi cuerpo, pero enseguida me encontré mejor y mi pecho volvió a latir.

Tras dos días en observación, me dieron el alta.

—De aquí en adelante –me aconsejó el médico—, no te enamores tan deprisa.

Después dijo algo de una dieta blanda, aunque no fui capaz de prestarle atención, perdida como estaba en los destellos de sus enormes ojos azules.

BENDITO SILENCIO

Carmen Climent Esteve (Valencia)

—¡Sujeta bien la escalera, inútil! —ruge el padre.

Las manos del niño se aferran a la estructura metálica. En su cabeza arde el último capón, como una brasa encendida. Contiene el llanto.

Arriba, el hombre forcejea con la bombilla, resopla, maldice.

Un crujido fatídico y una caída: la cabeza del patriarca estalla contra el suelo como un fruto podrido. El niño congelado, sin aliento. La sangre serpentea entre las baldosas formando regueros negruzcos. Suena el timbre. Expectantes, los ojos del hombre se clavan en los del niño. Dos estatuas pálidas, desconcertadas. Un gemido estertóreo escapa de los labios del moribundo. Mirada suplicante. El timbre vuelve a sonar. ¿Rencor en los ojos del hijo? Un latigazo de terror deforma el rostro del padre.

Impactado, el niño corre hacia la puerta y sus manos temblorosas giran el pomo. Una vecina le sonríe.

—Os han dejado este paquete en mi buzón.

El niño paralizado. La mujer frunce el ceño.

—¿Todo bien?

—Sí —reacciona.

Cierra la puerta con suavidad. Se sienta en el suelo y espera a su madre. Ella sabrá qué hacer. Por fin, el bendito silencio.

TUTORIAL PARA PARIR UNA IDEA

José Luis Corral Moirón
(Rivas-Vaciamadrid, Madrid)

Cualquier zangolotino escribe hoy un microrrelato y luego va a votar, no necesariamente por ese desorden. También cualquier Inteligencia Artificial escribe hoy una serie de Netflix, y no es arrestada por idiocia. Las ideas salen lubricadas por los teclados o se encasquillan en el intestino grueso. Se trata de esperarlas en cuclillas, viendo a Ferreras por la mañana, o tumbado en decúbito supino, escuchando El Larguero a medianoche. No valen *podcasts* subversivos, supositorios de cannabis ni *orfidales* mojaditos en vino. Inspiración o expiración, esa es la cuestión. Ahora bien, de qué hablamos aquí. De dar con la tecla. Del pelotón de fusilamiento macondiano. De pisar la espoleta de una mina y fosilizarse ahí, esperando a que la idea estalle. Es entonces cuando levantas el culo del trono o saltas del camastro y tu pie desnudo aplasta algo crujiente. Ahí te bifurcas. O te preguntas qué tipo de Gregorio Samsa era antes esa cucaracha, y nace una novela, o te acabas las patatas fritas de la bolsa con una birra, esperando el cuento de tus próximos análisis.

EL JARDINERO

Daniela Rita de la Torre (Córdoba, Argentina)

La casa olía a las magnolias que ella había pintado sobre el mantel. En el living brotaba un campo de lavandas aterciopeladas que ella había bordado sobre los almohadones. Una pasionaria de morado vibrante trepaba con los zarcillos espiralados que su pincel había dejado sobre el marco de la puerta.

Ella llenaba los márgenes de sus apuntes universitarios con una lluvia de margaritas brillantes y, cuando el vapor del baño empañaba el espejo, aprovechaba para esbozar un lirio abierto, salpicado de polen. Pintaba con el frenesí de un mar picado, con la inconsciencia de un acto fallido. No discriminaba asperezas ni estrías exageradas. «Hasta el más áspero de los cementos merece una amapola», decía.

Nada quedó. Ni una sola de ellas.

Él, con la delicadeza de un cirujano y la sutileza de un puntillista francés, las borró, las tachó, las descosió, las podó. A todas, una por una.

Lo que él no sabía era que ella guardaba las semillas… y las esparció sobre su tumba, una por una.

LO QUE PASA... POR SU CABEZA

Carlos José Esguevillas González (Palencia)

Hoy se ha levantado con su corona dorada de rey mago. Nos ayudó a abrir los regalos y tomamos chocolate. Mamá incluso sonreía. Pensé que iba a ser un buen día.

Luego, bajamos al parque; él llevaba su gorra de vigilante. Estuvimos corriendo y explorando. Fue muy divertido... hasta que el jardinero se acercó a saludarnos. Entonces, nos hizo volver a casa a toda prisa.

Allí, cambió la gorra por un feo sombrero negro, de grandes alas, alto y picudo. Hubo mucho ruido, golpes y gritos. Nos acostamos sin cenar, muy juntos, y jugamos a estar quietos, muy calladitos.

Al día siguiente, cuando desperté, tenía hambre y fui hasta la cocina, despacito, para no hacer ruido. Él estaba allí, sentado junto a su botella. En la penumbra, vi que llevaba su pañuelo de pirata en la cabeza, ese con calaveras. Es el peor y da mucho miedo.

Salí corriendo a esconderme en el armario donde guarda todos sus sombreros. Mamá dice que, si me encuentra, tengo que darle rápido su gorra de marinero, la que usaba cuando era niño.

ANTIGUO

Enrique Francesch Díaz (Madrid)

Hablaba, escribía y traducía con sorprendente soltura acadio, arameo, fenicio y egipcio antiguo. Despreciaba los idiomas modernos, y tanto era su fervor por las lenguas muertas que comenzó a comunicarse en ellas con su familia y allegados. Al principio eran frases hechas, que casi todo el mundo entendía, pero a medida que transcurrió el tiempo dejó de utilizar el español; su obsesión se contagió también a su forma de vida. Arrojó al punto de reciclaje su ordenador, su nevera y su lavadora, desechó la idea de utilizar el ascensor, se alumbró con velas y escribió con pluma de caña y tinta. Fue perdiendo el contacto con la realidad hasta que desapareció de la sociedad moderna.

Lo encontraron muerto en su casa, tumbado sobre el suelo, las manos cruzadas sobre el pecho y un papiro con jeroglíficos. Días después, la policía científica tradujo la escritura: la maldición de Anubis caerá sobre los que profanen mi cuerpo y arrojará sus almas al olvido eterno. Aunque era preceptivo, ninguna autoridad se atrevió a ordenar la autopsia.

SUBCONTRATA

Rafael Fuentes Pardo (Madrid)

Las novicias se arremolinaban en el claustro alrededor de los visitantes. Sor Angustias se hizo paso entre la que inventaba pecados para poder confesarse y la aprendiz de ventrílocuo, que rezaba alabanzas sin mover los labios. Los cinco visitantes eran rubios, medían cerca de dos metros y tenían unos abdominales de infarto. A cambio, las alas lucían algo desmayadas, como las cortinas de una ducha en un hotel de dos estrellas. El más rubio de todos, que debía ser el cabecilla del grupo, dijo que venían buscando ayuda, una epidemia de gripe aviar asolaba el Empíreo. Sor Angustias contestó muy seria que ellas no podían hacer nada, aunque la fe centrase sus esfuerzos en la construcción de ángeles, al final, siempre era una subcontrata, la imaginación, quien les ponía alas.

DONDE HABITE EL OLVIDO

Pilar Galán Rodríguez (Cáceres)

Lo hemos adoptado como un niño más. No deja de ser un gasto en pañales, purés, pomadas y el resto de medicinas, pero lo asumimos sin queja alguna. Es pura cuestión de humanidad. Algunas noches no nos deja dormir con su llanto, y tendremos que acostumbrarnos a que aún siga echando de menos a su madre, y lamentando su muerte. Lo hace casi a diario, como si de pronto lo recordara y la tristeza se le viniera encima. Cuando le acunamos, nos mira con un recelo que poco a poco se va suavizando. Creemos que ha olvidado que una vez fuimos sus hijos.

JUSTICIA POÉTICA

Manuel García Sierra (Sevilla)

Venía en las páginas de sucesos del periódico de hoy. El final de una de esas historias difíciles de olvidar.

Todo ocurrió hace cosa de siete u ocho meses. La pobre niña se llamaba Alma Diz Garrochena y acababa de cumplir los doce. Recuerdo que encontraron su cuerpo profanado no muy lejos del colegio, en el interior de un contenedor de basura. Las investigaciones policiales pronto se centraron en un tal Moriarty, su profesor de violín, pero cuando fueron a por él ya se había esfumado.

Pasó el tiempo y aquel triste asunto dejó de importar en las tertulias de venta de alarmas. El martes apareció el cadáver exanguinado de Moriarty cerca de los juzgados. Causa de la muerte: doce incisiones profundas en cuello y tórax.

Un evidente caso de suicidio, certificó la doctora Garrochena, del Anatómico Forense.

Asunto cerrado.

DETRÁS DE MIS PUERTAS

Araceli Gil César (Ferrol, A Coruña)

Solo por el modo en que él entraba, mi madre sabía de qué humor llegaba a casa mi padre. A menudo giraba la llave muy rápido y cerraba de un portazo. Ella apretaba los labios. No hagas ruido, papá está enfadado. Y yo entendía que aquella tarde no podría jugar y que ella tampoco cantaría al hacer la cena.

Tú llegas del mismo modo en que entornas los ojos cuando te duermes en mi hombro. Yo sonrío. Y despúes aprieto el alma, porque en tu forma de entrar descubro cuánto amor le faltó a ella.

RECUERDOS DE CULLERA

Daniel Gracia Arbués (Zaragoza)

Todavía hoy la recuerdo, me enseñó a amar y a leer las corrientes del golfo, a bucear y a distinguir entre los aligotes y los sargos. Era tan hermosa y salvaje.

La conocí mientras pescaba cangrejos, y, furiosa, me obligó a jurar que no volvería a hacer daño a un animal. Desde entonces, solo una vez incumplí mi palabra.

Ese verano, vimos muchos anocheceres desde el faro mientras yo le contaba cuentos, su favorito era la historia de amor entre Perseo y Andrómeda, le encantaba pensar en que nos miraban desde el cielo. También le expliqué que nunca viviríamos algo parecido.

Lloré un poco cuando se llevaron su preciosa cola escamada en una urna.

200.000 pesetas de entonces fue mi triste recompensa.

LA EROSIÓN

María Isabel Hernández Cerdeña
(Santa Cruz de Tenerife)

La erosión es un proceso lento. Eso le habían enseñado a Laura en el colegio. Más aún cuando el terreno era consistente. Así era ella, dura; sin embargo, las lágrimas fueron dibujando caminos cada vez más profundos hasta la comisura de sus labios. En pocos meses el paisaje de su cara se transformó por completo. Ahora entendió la fragilidad del terreno cuando no está rodeado de árboles o montañas que lo protejan.

SOMBRA NATURAL

Antonio López Piña (Madrid)

La sombra natural tiene unas cualidades excepcionales. La sombra natural, al contrario que la sombra emitida mediante objetos, es una sombra más orgánica, atemperada, más suave y más gustosa.

Hace años se demostró que los supercomputadores post cuánticos ofrecían su máximo rendimiento al aire libre. Ya no es como antes, que la lluvia estropeaba sus sistemas. Ahora no. Disfrutan de la luz y el sol apaciguado. A unas inteligencias de esa magnitud no se las puede engañar con subterfugios arquitectónicos.

De entre las sombras naturales, sin ninguna duda, la mejor es la proyectada por los cuerpos humanos. Sombra delgada y móvil de un espesor perfecto. Térmicamente insuperable. Fresca opacidad.

No demasiadas personas superamos las exigentes pruebas. Desde entonces, los días sin nubes el sistema nos da de alta de forma automática. De sol a sol cumplimos orgullosos una misión formidable sabiendo que somos nosotros, elegidos, los únicos capaces de hacerle sombra a nuestras máquinas.

EL PRIMER «TE QUIERO»

AGUSTÍN LÓPEZ SANTOS (MADRID)

¿Te acuerdas de cuándo te dije «te quiero» por primera vez?

Creo que fue cuando estábamos en la cama del hospital, después de aquella noche tan larga. Desde entonces, te lo habré dicho un centenar de veces.

Y sí, sé que todavía no me lo has dicho de vuelta. Pero ¿sabes qué? No me importa. Ni me molesta. Ni siquiera cuando, después de decírtelo, tu única respuesta es una risa. Pero con esta carta quiero decirte que te quiero muchísimo, que te querré toda la vida y que nunca me cansaré de decírtelo.

Será tu pelito castaño, tu nariz, o esa mirada que casi me hace olvidar lo mucho que me costó encontrarte. ¡Casi cinco años detrás de ti!

Hoy celebramos nuestras seis semanas juntos. Nuestros casi dos meses desde que apareciste en mi vida. Y sé que me escuchas. Sé que me entiendes. Sé que, aunque aún no puedas pronunciarlo, cada vez que me coges el dedo con tu manita, ya me lo estás diciendo a tu manera: «Te quiero, mamá».

EL SECRETO

Sara Losada Coca (Sevilla)

Cuando la tristeza entraba en casa como un viento, padre nos entretenía con sus títeres. Era bueno siendo otros. Contaba historias de héroes perdidos y monstruos amables. Nos embarcaba en el globo de su imaginación porque desde arriba todo era diferente. Pero los viajes terminaban al igual que sus narraciones, y aunque le rogásemos más, recogía sus cosas y se marchaba. Guardad el secreto, susurraba. Después madre abría la puerta del dormitorio para darnos las buenas noches. Rezad por el fin de la guerra y que vuestro padre regrese.

Nosotros guardábamos el secreto.

ÚLTIMO SENTIMIENTO DE LIBERTAD

Julia Raquel Mandujano Rubira
(Puno-Puno, Perú)

Sola en la espesura, con el aliento de los soldados acercándose, ella temblaba. El fusil que había robado de un cuerpo inerte yacía inservible a su lado. Había huido cuando todo se perdió, cuando la metralla hizo añicos su valentía y el campo de batalla se tiñó de desesperación. Jadeante, sacó el cuchillo, el filo helado rozando su piel. Mejor el acero propio que la ignominia ajena, pensó, apretando los dientes. Cerró los ojos, pero el miedo paralizó su mano.

Las hojas crujieron a su alrededor. Voces ásperas y extrañas resonaron entre los árboles. Con un sollozo ahogado, dejó caer el cuchillo al suelo. Un disparo retumbó en la distancia. La encontraron antes de que pudiera decidir su destino, antes de que el silencio pudiera ser su último refugio.

FALSIFICACIONES

María Sergia Martín González (Madrid)

No sé cómo explicarlo, pero, cuando le vi sentado a la mesa y me abrazó, supe que no era él. Aunque mamá lo disfrazó con ropa de papá e, incluso, le pintó al detalle su bigotito negro, a este le faltaban varios dientes y tenía una sirena enorme tatuada en el pecho... Definitivamente, no era papá. Los gemelos le tomaron cariño enseguida. ¡Normal!, son pequeños y necesitan una figura paterna. Yo, no. Yo voy a cumplir ocho años y a mí no pueden engañarme con falsificaciones. Desde que mamá trabajaba en el puerto, esta era la cuarta vez que venía con un papá distinto e intentaba colárnoslo. Ella está radiante y me produce ternura verla pasear cogida de su brazo, presumiendo delante de las otras viudas. Les dice que su marido consiguió engañar a los dioses del mar y que, por amor, ha regresado. Pobre mamá. Todos en casa están muy felices, al menos de momento, pero yo odio encariñarme con papás de mentira que desaparecen y te rompen el corazón cuando llega la orden de zarpar.

BUEN APETITO

María Isabel Martínez Díaz (Valencia)

«Se come por los ojos», me decías, y nunca lo puse en duda, lo confirmaba tu mirada en cualquier oportunidad, cada vez que una mujer se ponía a tiro te tragabas el menú entero y sin masticar. Por lo visto venías tan saciado de la calle que en casa te mostrabas inapetente. Aburrida de tanto cocinar sin sentido, decidí guisar para el vecino. Ahora me siento la mejor chef del mundo, te aseguro que esto sí es comérselo todo. Además, siempre pide repetir.

AUTOPSIA

Sergio Martínez Rubio (Barcelona)

Lo encontraron sepultado por miles de fotografías color sepia, por muchos de sus libros, por las sillas en las que había reposado, un tablero de ajedrez, por su mujer, por dos amantes, por sus antiguos instrumentos musicales con melodías entre las grietas. Por algún amigo. Y por sus tres hijos. Sepultado también por algunas alegrías y por más de un fracaso. Y en lo alto, coronando la maraña, su colección de viejos juguetes autómatas. Si fue primero la muerte y cayeron sobre él los recuerdos o si los propios recuerdos, precipitándose sobre él, causaron su muerte, nunca quedó claro. Pero tampoco importó.

PASA ALGO EXTRAÑO

Luis Martínez-Abarca Martínez
(Torrelodones, Madrid)

Mientras desayunaba, como de costumbre, puso la radio. Pero aquel día todas las noticias eran buenas. Eso le regocijó en lugar de extrañarle. Salió a la calle y observó divertido cómo llovía de abajo a arriba. Tan distraído iba que apenas reparó en el tráfico. Los coches circulaban por la izquierda ¡y lo hacían marcha atrás! Frenaban en seco al llegar a un semáforo en verde. Todos los vehículos se sincronizaban sin el más mínimo incidente. Se cruzó con el vecino del quinto, que, en lugar de a su rottweiler, paseaba a un pequeño dragón; no defecaba por las esquinas, pero exhalaba eructos ígneos. No podía explicar por qué todo aquello no le sorprendía demasiado.

Entró en el metro. Fue ya en el vagón cuando se percató de que algo inaudito, quizás aterrador, estaba ocurriendo. Y era de todo punto imposible encontrar explicación lógica alguna. Todos los pasajeros se miraban a los ojos, e incluso se sonreían educadamente.

COSQUILLAS Y REGAZO

R. Elena Molano Gil (Coria, Cáceres)

Habíamos creado un mundo idílico en el que yo era su princesita y él mi príncipe encantado. Desde que muriera mamá prometió ocuparse de mí día y noche. El dolor pasará, confía en mí, decía. Así, se esforzó en tomar el té junto con mis muñecas preferidas, aprendió a hacerme trenzas imposibles y a desenredarme el pelo sin tirones. Nos pintábamos las uñas, cenábamos tortitas, me contaba cuentos infinitos o me permitía dormir en su regazo, aunque esto último sólo después de su juego preferido.

El mejor de los mundos, o eso creía yo hasta que ayer en clase nos dibujé desnudos jugando a las cosquillas y la seño se asustó mucho, y una pregunta llevó a otra, y luego a otra, y ahora una doctora muy amable tiene los ojos llorosos mientras yo le explico que las cosquillas raras duelen si te resistes y que papá tiene una pomada mágica que después lo cura todo.

Una mujer policía le acaba de susurrar al oído que ya está detenido y por primera vez en meses hago pucheros mientras pregunto por mamá.

ESCILA Y CARIBDIS

Alma Montes (Granada)

Cuenta la mitología clásica que hay en el Mediterráneo un estrecho tan estrecho que se puede, desde una orilla, alcanzar la otra con una flecha.

En una de esas orillas habita Escila, entre los acantilados, emitiendo terribles aullidos. Tiene doce pies deformes y seis horribles cabezas, con tres hileras de dientes cada una.

Agazapada, espera en una gruta a los barcos para devorar a sus tripulantes...

No con algo mucho mejor nos encontramos en la otra orilla: Caribdis, un horrible monstruo que, en forma de remolino, es capaz de succionar todo lo que se ponga a su alcance.

Ese era el dilema al que se enfrentaban quienes en la Antigüedad tenían la osadía de querer cruzar el Mediterráneo: muerte o muerte.

Como ahora...

Aunque ahora es peor.

Porque los monstruos existen.

LA ENCARGADA

María del Pino Navarro Almeida
(Gáldar, Gran Canaria)

Cuando los gatos se cansan de hurgar la basura del portón, llegan las maquiladoras. Se les entregan guantes, mascarillas y gorros de quirófano, que han de entregar a la salida. Un café amargo de regalo para despertarlas. A las cinco en punto, mientras sus hijos aún sueñan con un plato de frijoles calentito, el sonido largo de una sirena les indica que deben entrar a la nave en perfecta fila india. Una vez dentro, se ponen los guantes, la mascarilla y el gorro, procurando no romperlos. Los motores de las máquinas de coser las acompañarán las doce horas que les quedan por delante.

Beti no tenía hijos, llevaba diez años de servicio. Ascendida a encargada, debía realizar el reparto diario de materiales. Recorría los pasillos con un carro de metal gris lleno de telas con rayas amarillas y negras, agujas e hilos de lana. Dentro de cada ovillo colaba una onza de chocolate, un trozo de turrón almendrado o un bollo de anís. Las empleadas, algunas aún niñas, achinaban sus ojos mirándola. La querían como se quiere a una madre.

VIEJAS CAMARADAS

Andrés Nortes Navarro
(Caravaca de la Cruz, Murcia)

La reconocí apenas verla. El tatuaje de su antebrazo corroboró mi impresión inicial. Por el paso del tiempo o por las bárbaras agresiones de aquellos monstruos, yo había desaparecido de su enflaquecida memoria. Intenté con todas mis fuerzas retomar la relación, rescatando viejos recuerdos o rellenando ese vacío con nuevas vivencias compartidas. Poniendo cualquier excusa, me hacía la encontradiza en el patio y paseaba con ella hasta que me dejaban. También procuraba coincidir durante el almuerzo y en la gimnasia. Acabamos intimando y haciendo frente común ante a las dificultades y los maltratos. Estudié los turnos de guardia, aprendí a manipular las luces y a moverme entre las sombras para eludir la vigilancia. Determiné los ángulos muertos de las cámaras de los pasillos para deslizarme furtivamente hasta su habitación. A veces pasábamos toda la noche hablando, riendo…, incluso cantando, de forma casi inaudible, como en el pasado hacíamos en los barracones, planeando fugas. ¡Quién diría que, después de tres cuartos de siglo, todo lo que aprendimos en el campo de exterminio de Auschwitz nos sería tan útil para sobrevivir en aquella horrible residencia!

LA ESPERA

Francisco Pascual Garrido (Granada)

Espero de pie y sentado, no importa. La espera tiene su música, su partitura, es un arte delicado y efímero porque siempre estás empezando de nuevo. Nunca culmina con una última nota, siempre hay más. Es un arte compartido, todos lo hacen. Esperamos a que pasen los días, a que llegue el tren, a que termine la guerra, a que termine un partido, una carrera, una obra. Esperamos a que se duerman nuestros hijos, a que lleguen de madrugada, a que se marchen, a que vuelvan algún día. Esperamos las buenas y las malas noticias, la suerte, nuestro turno cuando aguardamos en la cola. Esperamos a que amanezca, a que se callen por fin los que hablan y a que hablen los que callan, a que se disipen las dudas. Esperamos su mirada, su gesto, su sonrisa. Esperamos su llamada. Esperamos mientras dura el deseo... Cuando este se acaba, esperamos a que llegue la noche más larga, la última noche... Hacemos muchas cosas mientras esperamos, y a eso, le hemos llamado vivir...

LA BEGONIA AZUL

María Jesús Pérez Barrios (Barcelona)

Cuando ella me dejó, se olvidó en casa una pequeña planta: una begonia de flores azuladas.

Yo la riego con esmero y vigilo cada día su tierra, sus flores y los retoños que le van naciendo. No me olvido de su ración de fertilizante mensual; tampoco de rociarla, de vez en cuando, con un poco de insecticida para que no hagan nido en ella los gusanos. Está hermosa, crece sana.

Ni siquiera las quemaduras de los cigarrillos con las que, metódica y dulcemente, abraso sus hojas una vez por semana hacen que la pequeña begonia palidezca.

OTRO LUNES

JAVIER PUCHE (RINCÓN DE LA VICTORIA, MÁLAGA)

Era nuestro sueño disfrutar juntos del Apocalipsis en las butacas ergonómicas del jardín. Pero el profeta resultó ser un impostor. Tras la fecha que aquel cantamañanas predijo para la debacle total, el mundo siguió adelante como si nada. Ahora no hay quien soporte el porvenir. Nos ilusionaba extinguirnos a lo grande como los dinosaurios, cogidos con fuerza de la mano, temblando de pavor. Y aquí seguimos otro lunes como un matrimonio cualquiera, aferrados a nuestra mecánica libertad de títeres domésticos, sin saber ya qué decirnos ni por qué, mientras cenamos la insípida sopa de siempre y fantaseamos con el apoteósico final que no tendremos nunca.

TODO SE TRANSFORMA

Daniel Rotman Cleiman
(Jerez de la Frontera, Cádiz)

Esta vez sí, estaba lista para dar el gran paso que cambiaría su monótona existencia.

Juntó fuerzas y empujó con decisión y valentía hasta romper la coraza que la protegía de sus emociones. Se sintió diferente, transformada, ágil y segura. Se asomó a través del hueco de su envoltura y mirando al cielo inspiró profundamente, sonrió pletórica y desplegó unas hermosas y enormes alas de colores.

Cerró los ojos satisfecha y saltó al vacío, por fin había dejado de ser una simple oruga. Tras el primer aleteo, y justo cuando comenzaba a disfrutar de la libertad, notó en su cuerpo el abrazo húmedo y pegajoso de la lengua del sapo al que le serviría de apetitoso desayuno.

Ya en su descenso final, reflexionó acerca de cuánto había valido la pena el esfuerzo por gozar de ese único e inolvidable instante de felicidad.

EL VERANO

Fernando Ruiz de la Fuente Perera
(Santa Cruz de Tenerife)

La misma tarde de cada día, en este verano que no se acaba nunca. Dentro de la casa, todos duermen. Me quedo fuera. En la terraza que da al jardín encuentro la suficiente sombra como para no echar de menos el mundo.

Unos pájaros se posan en las ramas del naranjo. Confiados en la quietud, picotean las flores, ajenos a cuanto los rodea, mientras sus cantos refrescan el sopor de un cuadro caluroso y lleno de luz. Los oigo con los ojos entrecerrados; se mezcla aquella música con el pausado sonido del agua cayendo en la fuente de piedra.

De pronto, un aleteo se suma al piar de los pájaros. Adiós al árbol. Abro los ojos. Solo uno continúa su búsqueda entre el azahar. Lo sigo con la mirada. Un corto vuelo lo lleva a la mesa donde quedan las últimas migajas. Comienza el festín. Me levanto despacio, me acerco con cuidado. No quiero arruinar la escena.

Un salto rápido y limpio. Punto final. Un maullido de satisfacción y me alejo buscando el rincón más oscuro con la merienda en la boca.

LA TIBIEZA

María Ruiz Faro (Sevilla)

Nunca le contestaba a sus mensajes de inmediato por no parecer ansioso o demasiado entregado. En su cumpleaños esperaba a medio día para felicitarla. Cuando estaba enferma le hacía como mucho una visita rápida para no molestar. Por las noches no le deseaba dulces sueños para no parecer un cursi. Todo fue tan tibio siempre que ella se enamoró de otro y él se despidió sin lágrimas para no parecer un dramático.

EL VIENTO NO LO DETIENE

Julián San Miguel (Buenos Aires, Argentina)

Ella lo ha soportado siempre, pero hasta el «siempre» se agota.

Esa noche, él se levanta con ímpetu, se desliza hacia la ventana y, al correr el vidrio, el golpe seco de su cabeza contra la persiana llena toda la habitación.

Esta vez ella no reaccionará.

En esta delicada danza entre cuidarlo y protegerse, solo le queda una opción: dejar que él siga su propio camino, aunque esto implique la dolorosa decisión de no volver a verlo.

Cuando él corra el vidrio y no encuentre la barrera de la persiana, nada impedirá que avance hacia el vacío, ni siquiera el viento acerado que, desde esa altura, siempre empuja hacia adentro.

Despertar en medio de la noche no hace bien a nadie. Y es sabido: mucho menos a un sonámbulo.

SESHAT

Antoni Serra Vidal
(Palma de Mallorca, Baleares)

El virus conocido como «Seshat» se extendió por todo el mundo escondido de la forma más inimaginable: dentro de un relato. Los contagiados padecían síntomas relacionados con su percepción lectora. El más común de ellos era creer que el texto huía de sus ojos, saltándose líneas o incluso

párrafos. Otro síntoma era percibir que el texto había mutado hacia otro lenguaje qui n›avait jamais été là auparavant. Tampoco era extraño que los infectados creyeran que pasajes de su lectura estuvieran siendo sustituidos por los de otro libro, revista o incluso retire el envoltorio de cartón, luego agujeree la tapa de plástico y, finalmente, introduzca el envase dentro del microondas durante tres minutos a máxima potencia. A veces, en estados más avanzados de la enfermedad, algunas letras parecían querer ser núm3ros y, en otros casos, todavía más extremos, incluso empezaban a desordenarse de tal manera que la lectura llegaba a ser ininteligible. Por suerte, hoy en día, el virus parece haber sido totalmente erradicado, pero si sufre alguno de estos síntomas, no dude en ponerct im éoncisdo tld ov ssrmicnos eceicoe anmeniataoente.

LA NADA DE LAS HOJAS EN BLANCO

Víctor Manuel Valdesueiro Bernabé
(Salamanca)

El duelo, con la primera luz del alba, se presumía tan breve como desigual. Un septuagenario escritor poco podía hacer contra la espada más letal de los tercios viejos.

El veterano capitán sabía de lo afilado y perverso de la pluma de su contrincante, pero él estaba más acostumbrado a estas lides.

El novelista maldecía al desagradecido militar, a quien había encumbrado a la fama narrando con épica sus aventuras en Flandes; y que ahora le retaba a muerte para salvaguardar el honor de una mujer sobre la que había escrito diversos agravios, en busca de un giro inesperado.

Intentó desenvainar la pluma, pero el soldado, mucho más rápido y fuerte, de una certera estocada le partió el corazón.

La estilográfica rodó por el suelo del estudio, quedando la exánime cabeza sobre el borrador de su próximo proyecto.

«Infarto agudo de miocardio —recogió el parte médico.

El capitán sumaba una nueva victoria que ya nadie iba a contar. Acababa de condenarse al ostracismo de una novela inacabada, por cuyas páginas vagaría hasta el final de los días.

GENIO

Ernesto Vázquez Soto
(Ciudad de México, México)

Había tomado un puñado de tierra y, en cuclillas, miraba cómo se deshacía entre sus dedos mientras el atardecer cedía sus colores rubicundos y cenizos al desconsuelo de la noche. ¿Adónde ir? ¿Qué alternativa tomar? ¿Cuál de todos sus deseos cumplir?

El genio, ahora hombre, soltó el último residuo de tierra sobre la lámpara que lo mantuvo encerrado durante eones y se preguntó, al tiempo que esa espantosa indecisión humana hacía estragos en él, si aquélla había sido una buena decisión.

CUERVOS

Miguel Ángel Zarzuela Ramírez
(Puerto de Santa María, Cádiz)

La primera vez nos apenó ligeramente que no le quedara ni un solo recuerdo para rellenarlas. Y es que, aquel día en que pusimos el plan en marcha, quizá albergábamos aún algún buen sentimiento y nos justificábamos con razones inventadas para calmar nuestras conciencias.

Meses más tarde, funcionábamos en modo rutina y dejábamos remordimientos y titubeos a un lado antes de ir a verle. Lo cierto es que la enfermedad había avanzado muy deprisa y ya no sabía qué poner en las felicitaciones, así que nosotros simplemente le decíamos que no se preocupara, que tan solo las firmara, que así era suficiente. Las visitas duraban diez minutos y ni siquiera nos sentábamos a tomar un café con él.

Luego, cuando despegábamos las tarjetas y cobrábamos los cheques, nos olvidábamos de todo y dejábamos a papá con Rosemary hasta la próxima vez.

Bases XIII Concurso de Microrrelatos Manuel J. Peláez

1.- Podrá participar cualquier persona, presentando **un único microrrelato**, original e inédito.

2.- El texto será de tema libre, escrito en castellano y con una extensión mínima de 9 palabras y una extensión máxima de 186, incluyendo las del título.

3.- Para participar en la XIII edición del Premio de Microrrelatos Manuel J. Peláez cada aspirante deberá cumplimentar el formulario https://forms.gle/XcJLcdj-5sLmq6fbW7 (Google Chrome) y seguir las indicaciones que encontrará en él. La recepción de textos comienza el 1 de enero y termina el día 14 de febrero de 2025 a las 23:59 horas (Madrid).

4.- Se abstendrán de participar quienes hayan ganado este premio en alguna de las 5 últimas ediciones (2020-2024.)

5.- Habrá un único premio en metálico de 1.200,00 euros (mil doscientos euros), cantidad sobre la que se practicarán las retenciones obligatorias vigentes en el momento de su entrega a la persona ganadora.

Además del premio en metálico, el texto ganador será publicado, junto a los considerados finalistas, en una antología. Las autoras y los autores que van a aparecer en la antología ceden, sin exclusividad, el derecho para la publicación de los textos en cualquier formato.

6.- El jurado, cuya presidenta será María del Carmen Rodríguez del Río, estará compuesto por siete miembros. El fallo, que se hará público el 2 de mayo de 2025 en las redes sociales del CMJP, será inapelable.

7.- El premio será entregado durante el fin de semana del 15 de junio de 2024, en acto público que se celebrará en Zafra (Badajoz). La persona ganadora deberá asistir para hacerse acreedora al premio.

8.- Cualquier incidencia no prevista en las bases será resuelta por el jurado.

9.- La participación supone la aceptación de todas las bases.

Índice

Este libro se terminó de imprimir
en junio de 2025

RIL® editores • España

europa@rileditores.com

Se utilizó tecnología de última generación que reduce
el impacto medioambiental, pues ocupa estrictamente el
papel necesario para su producción, y se aplicaron altos
estándares para la gestión y reciclaje de desechos en
toda la cadena de producción.